Ma r

Sophie Dieuaide est née en 1962 à Angers. Elle a fait des études de dessin et a travaillé dans l'architecture pendant plusieurs années avant de commencer à écrire en 1996. Depuis, ses histoires pour enfants ont été publiées chez de nombreux éditeurs : Casterman, Hachette, Mango, Lito, Pocket, Autrement et Bayard Jeunesse.

Béatrice Rodriguez est née en 1969 à Amiens. Après ses études aux Arts décoratifs de Strasbourg, elle a commencé sa carrière d'illustratrice indépendante, essentiellement pour la jeunesse. Tout en animant un atelier de dessins dans une école primaire, elle illustre de nombreux romans et albums, publiés aux éditions Lito, Nathan, Actes Sud Junior et Bayard Jeunesse.

Du même illustrateur dans Bayard Poche :
Le match d'Alice (Mes premiers J'aime lire)

Dépôt légal : avril 2007
ISBN : 978-2-7470-2204-0
Loi du 16 juillet 1949 sur les publications destinées à la jeunesse

Ma révolution

Une histoire écrite par Sophie Dieuaide
illustrée par Béatrice Rodriguez

J'AIME LIRE
BAYARD POCHE

1
Aaah, quelle époque !

Ce soir-là, on regardait la télévision.

Dans le poste, un monsieur en veste qui brille répétait que les gens n'ont plus d'espoir. Des gens qui n'ont plus d'espoir expliquaient que maintenant la vie est moche, et qu'elle était chouette, oh là là ! quand ils avaient vingt ans, en mai 1968.

Ma grand-mère disait que c'était vrai.

Ma mère disait que c'était triste.

Mon père disait qu'il était d'accord avec elles, et ma sœur découpait des photos de ses chanteuses préférées dans le programme télé.

J'ai proposé qu'on mette le DVD que m'avait prêté Simon.

Il n'était pas triste du tout, Bill Tagger, quand il attaquait la banque, un masque de Mickey sur le visage. Mes parents ont refusé.

– Mais enfin, Thomas... Cette émission est passionnante ! m'a dit Maman. Écoute donc !

Le monsieur en veste qui brille parlait des étudiants qui se sont révoltés en mai 1968. Après la pub pour les cuisines qui s'écroulent, il est revenu dire que, dans le temps, les gens se battaient pour quelque chose et que, maintenant, ils ne pensent plus qu'à acheter des trucs et à partir en vacances.

Je n'ai pas compris pourquoi c'était moche d'aimer les vacances, mais, soudain, j'ai vu comment ma grand-mère fixait l'écran.

Mamie Claudine avait les yeux brillants.

Elle avait même les larmes aux yeux. Ils passaient des images de sa révolution de quand elle était jeune. Des étudiants manifestaient, arrachaient les pavés des rues, brûlaient des voitures. C'était dommage que mon copain Simon rate ça.

Les étudiants criaient des gros mots aux policiers, qui leur tapaient dessus avec des bâtons. Les étudiants devaient taper un peu aussi, car les policiers se protégeaient avec des trucs ronds, comme des couvercles de poubelle.

– Aaaaaaah, quelle époque ! a soupiré ma grand-mère.

Ma sœur a demandé où était le tube de colle et, comme le générique* de fin défilait, Papa a éteint la télévision.

Mamie aurait aimé me raconter en détails cette année-là, mais Maman a dit que j'avais classe de bonne heure.

Révolution ou pas, ma mère ne rigole pas avec l'école.

* Le générique est la liste des noms de toutes les personnes qui ont participé à la réalisation d'une émission ou d'un film.

2
Marre des vieux trucs !

Le lendemain, pendant l'exposé tartignol de Nicolas sur les reliefs du Massif central, j'ai tout raconté à Simon.

– Une révolution ? En 1968 ? Mais pourquoi les étudiants cassaient tout ? s'est-il étonné.

– Parce qu'ils en avaient marre ! C'était toujours les mêmes qui commandaient ! Ma grand-mère m'a dit aussi qu'ils ne voulaient plus apprendre des vieux trucs nuls dans leur école.

Là, Simon a trouvé qu'ils avaient raison. Il a désigné le tableau où la maîtresse, madame Barbé, dessinait le puy de Sancy, 1 885 mètres.

– Et nous ? s'est-il écrié. On n'apprend pas des vieux trucs, peut-être ? Tu as entendu l'âge qu'il a, le puy de Sancy ?

– Oui, entre 200 000 et 850 000 ans !

– Qu'est-ce que je disais ? Un vieux machin !

– Simon ! Tu peux nous dire où nous en sommes ? est intervenue la maîtresse.

Bien sûr, Simon ne pouvait pas, vu qu'on discutait.

Madame Barbé a soupiré :

– Oh, là là... Comment veux-tu que tes notes s'améliorent, si tu ne fais pas le moindre effort ?

– Je ferai des efforts quand on apprendra des trucs de jeunes ! s'est exclamé Simon.

J'ai cru qu'il allait prendre tellement de lignes à copier qu'il les ferait encore à la maison de retraite, mais la maîtresse a éclaté de rire, et toute la classe avec.

– Un volcan de dix ans, c'est assez rare..., a-t-elle ajouté. Reprenons... Nicolas, tu peux poursuivre ton exposé...

Mon copain Simon a piqué du nez dans son cahier. Sûr qu'il aurait préféré les lignes ! J'ai attendu qu'il soit moins rouge, et j'ai chuchoté :

– Allez, elle n'est pas méchante. Elle ne se rend pas compte...

– Ah ! ça non ! s'est énervé Simon. Les parents, les maîtresses, ils ne se souviennent pas comme c'est long, de rester assis à apprendre tout ça ! Et leurs Gaulois ! Et leurs tables de multiplication ! Et la grammaire ! Et si tu n'aimes pas... paf ! bonjour les sales notes !

J'ai dit tout bas qu'on était quand même bien obligés d'apprendre des choses.

– Je n'ai pas dit le contraire, a grogné Simon. Juste que c'est long… Ah ! Je t'en referais bien une, moi, de révolution ! Une pour leur faire comprendre que c'est long quand on s'ennuie ! Une pour qu'ils se rappellent qu'on est jeunes, nous !

On n'était plus en 1968, on n'était même pas en mai, mais c'était une bonne idée. Et si je me battais pour quelque chose, peut-être que ma grand-mère me regarderait avec les yeux brillants, comme elle regardait le monsieur de la télé.

Je serais son héros, son révolutionnaire.

3
Révolutionnaire-plat de nouilles ?

À la récré, on a mis notre copine Julie au courant.

– Sinon, à deux, ça ne va pas être facile ! a dit Simon.

À trois non plus, ce n'était pas évident. Julie nous a annoncé qu'elle avait chez elle un livre sur Mai 1968. Ça nous obligeait à attendre, mais on allait tout savoir.

Le mardi, dès huit heures, Julie est arrivée très excitée, avec son livre sous le bras. Elle disait qu'il fallait commencer par nous trouver un nom terrible, un nom de guerre.

– Les Vengeurs sanglants ! a proposé Simon.

– C'est trop violent ! ai-je remarqué.

– T'es un révolutionnaire-plat de nouilles ?

– Attendez ! s'est exclamée Julie, qui feuilletait son livre. C'est là… Les premiers étudiants se sont appelés… les… les Étudiants du 22 Mars…

– C'est nul ! Archinul ! a décrété Simon. Et je ne vois pas le rapport !

C'est vrai que c'était nul, mais comme c'était historique, nous, on a choisi de s'appeler les Élèves du 25 Avril. C'était nul aussi, mais c'était la date.

– Qu'est-ce qu'ils ont fait comme première bagarre ? a demandé Simon.

Julie a résumé :

– Ils étaient renvoyés de leur université, et ils ont refusé de sortir...

– C'est débile ! s'est écrié Simon. S'ils en avaient marre de l'école, pourquoi ils ont fait une crise pour rester dedans ?

– C’est vrai que ce n’est pas logique comme révolution, ai-je ajouté…

– Arrêtez de critiquer ! a rétorqué Julie. C’est la vérité, c’est écrit ! Alors, vous vous décidez ? Vous êtes d’accord pour suivre mon livre, oui ou non ?

On était d’accord. On a préparé notre plan.

Une chose était sûre : pour refuser de sortir de l’école, il fallait déjà commencer par être renvoyés. On a beau dire, ce n’est pas si simple.

4
Euh… pas question !

On a choisi de lancer l'attaque après la cantine (le mardi, c'est le jour des frites).

À quatorze heures, on était prêts.

– Sortez vos cahiers, a ordonné madame Barbé. Nous corrigeons l'exercice trois.

– Excusez-moi, madame, ai-je dit, mais… euh… pas question !

– Fais gaffe, m'a soufflé Simon. Tu es trop poli pour un révolutionnaire…

Simon s'est levé d'un bond et il a crié :

– On ne veut plus apprendre ces vieux trucs nuls ! On est des révolutionnaires ! Et... euh... le pouvoir aux jeunes !

La maîtresse l'a regardé par-dessus ses lunettes, et elle a dit lentement :

– Le révolutionnaire est prié de se rasseoir et d'ouvrir très vite son cahier !

Simon ne savait plus quoi faire, il m'a envoyé un coup d'œil qui me traitait de sale traître.

Alors, j'ai crié :

– Jamais ! La révolution ne peut pas se rasseoir, m'dame, elle est en marche !

Les autres, ils ne rigolaient même pas, ils avaient l'air surpris. Presque autant que madame Barbé, qui nous a demandé d'une voix douce :

– Qu'est-ce qui vous prend, mes enfants ?

Julie lui a expliqué qu'on était les Élèves du 25 Avril, qu'il fallait nous renvoyer.

– Juste pour qu'on refuse de sortir, s'il vous plaît, a-t-elle précisé.

Madame Barbé a soupiré, et elle s'est replongée dans son exercice.

Elle ne débutait pas bien, notre révolution. C'était la faute de la maîtresse. Ils auraient commencé comment, les étudiants, si madame Barbé n'avait pas voulu les renvoyer de leur université, même s'ils avaient demandé poliment ?

5
Des chips, des chips !

Le jeudi matin, Julie, Simon et moi, on s'est regroupés tous les trois. Julie tenait son livre serré contre elle. J'avais passé mon mercredi à réfléchir. On espérait encore trouver une solution, et on avait bien raison. Mais je n'aurais jamais cru que notre révolution à nous démarrerait à cause d'un paquet de chips !

On faisait la queue à la cantine. Ce trimestre-là, on était du premier service. Quand on est arrivés avec nos plateaux devant les légumes, le cuisinier, monsieur Ravier, nous a servi une grosse louche de haricots verts. Des gros, avec du jus et des oignons pas cuits.

Derrière monsieur Ravier, il y avait plein de paquets de chips, des bonnes, des qui craquent quand on les croque. C'est moi qui les ai vues le premier !

Et j'ai demandé :

– Je ne peux pas plutôt avoir des chips, monsieur Ravier ?

Et là, il m'a répondu, et c'est à cause de ça que tout a commencé... Mais il ne se rendait pas compte que c'était grave ce qu'il disait. Il m'a répondu :

– Non, c'est pour le deuxième service, et encore... si je manque de haricots.

Simon et Julie m'ont compris tout de suite.

– Ce n'est pas juste ! a crié Julie.

– Le pouvoir aux jeunes ! a hurlé Simon.

Les copains étaient tous d'accord, peut-être pas encore pour la révolution, mais au moins pour les chips. Monsieur Ravier, qui était nettement mieux que la maîtresse pour commencer une révolution, a fini de nous énerver. Il a dit :

– Retournez vous asseoir, petits imbéciles !

Il n'aurait pas dû.

À partir de là, ça a été facile de s'organiser. Les CE2 ont renversé les chaises pendant que Simon faisait un raid sur les paquets de chips. On s'est mis à tourner en tapant comme des dingues sur les plateaux avec nos couverts. Ça faisait un bruit d'enfer, c'était super.

Julie nous inventait des choses à crier, des slogans ça s'appelle.

– DES CHIPS ! DES CHIPS ! LE PEUPLE VEUT DES CHIPS !

– RA-VIER… AF-FA-MEUR ! RA-VIER… AF-FA-MEUR !

Le directeur est arrivé assez vite. Les dames de la cantine et le cuisinier s'affolaient.

– Qu'est-ce que c'est que ce chahut ? a demandé le directeur.

Pas un des révolutionnaires n'a voulu lui répondre. De toute façon, il n'aurait rien entendu. Monsieur Ravier s'est précipité pour lui chuchoter des choses à l'oreille. Le directeur s'est redressé de toute sa hauteur, qui n'était pas très haute, et il a enfin crié ce qu'on attendait :

– Simon, Julie, Thomas... DEHORS !

6
Aleeeerte !

Enfin, on était renvoyés ! On était chassés de la cantine, comme les étudiants de leur université. On s'est mis à courir, Julie, Simon et moi, et d'autres avec nous ! Notre directeur n'a pas appelé la police. Monsieur Ravier et les dames de la cantine, ça suffisait.

On a foncé dans les couloirs.

Le directeur et monsieur Ravier nous ont poursuivis jusqu'au deuxième étage, et puis, pfffft ! plus rien.

Simon a demandé :

– Qu'est-ce qu'on fait ?

Julie a regardé son livre et elle a dit :

– Des barricades !

– Des barricades ?

– Oui, regardez...

On voyait, sur les vieilles photos de son livre, les étudiants bloquer les rues en empilant ce qu'ils trouvaient : des voitures, des planches, des arbres, des poubelles et des drapeaux.

Nous, on n'avait pas de voitures dans le couloir des CM2. Alors Sacha, un petit CE1, a crié :

– On n'a qu'à prendre les tables !

Sacha n'était pas un Élève du 25 Avril, mais il l'aurait mérité.

On a bouché le couloir.

On a empilé les tables et les chaises. On a eu plus de mal pour le drapeau. On avait un balai, mais Simon a refusé de donner son T-shirt, un chouette, avec le portrait de Zidane. Finalement, on s'est contentés d'un gilet bleu à fleurs oublié sur les portemanteaux des CM1, ces traîtres du deuxième service.

Pour les munitions, on a fait des réserves de trousses dans leur classe. J'ai organisé la distribution des gommes et des stylos. On était prêts à les lancer sur nos attaquants. Simon a installé notre drapeau sur la barricade et il est resté là-haut pour faire le guet.

Soudain, il a hurlé :

– Aleeeerte ! J'en vois un qui bouge ! Feuuuu !

On a tout envoyé. Les gommes, les stylos, les trousses. Sacha, qui était déchaîné, a même lancé un cartable. Il a dit : « Prenez ça dans les dents, affameurs ! » et aussi « M..., mon cartable ! ».

L'ennemi a crié :

– AÏE ! Ça va pas, la tête, c'est moi... Julie !

Elle était furieuse. Quelle idée, aussi ! On ne va pas aux toilettes sans prévenir pendant une révolution. À cause d'elle, j'ai été obligé de désigner deux volontaires, des petits CE1, pour récupérer nos munitions. On a attendu. On était bien. On rigolait.

Mais personne n'est venu.

Personne !

Ni le directeur, ni monsieur Ravier, même pas la maîtresse.

Les élèves ont commencé à se regarder bizarrement. Une fille de ma classe s'est mise à pleurnicher qu'on allait tous être punis.

Simon leur a expliqué que la révolution devait durer au moins un mois.

– C'est dans le livre ! a-t-il précisé.

Mais, un à un, ils nous ont abandonnés.

Ils ont défait un bout de notre barricade. Il y en a même qui ont rangé des trousses. Quand la sonnerie a retenti, c'était sinistre. On n'était plus que quatre, Julie, Simon, Sacha et moi.

C'est à ce moment-là que le directeur et monsieur Ravier sont arrivés par la porte de service.

– Dans mon bureau, les guignols ! a hurlé le directeur.

– Jam..., a commencé Simon.

– Oui, monsieur..., a fini Julie.

7
Tu es fou ?

– LA RÉVOLUTION ! Tu es fou ?

Depuis l'appel téléphonique du directeur, Papa marchait à grands pas dans le salon.

– Ben, ai-je murmuré, la révolution comme à la télé... Nous, on s'est battus pour rappeler qu'on est jeunes ! Et... pour dire que c'est long quand on s'ennuie ! Vous... vous disiez que c'était triste que plus personne ne se batte pour quelque chose de valable, pour des grandes causes.

Ma mère s'est étranglée :

– Des grandes causes ! Thomas ! On ne fait pas la révolution pour un... un paquet de chips !

– Ça fait grossir, a dit ma sœur. Mais c'est vous qui lui avez mis ces idées dans la tête.

– Toi, va réviser ton brevet ! lui a crié Maman.

Moi aussi, ils m'ont envoyé dans ma chambre. Pendant tout le week-end, ils m'ont fait la tête.

Mon père m'a prévenu :

– Ça sera inscrit sur ton dossier scolaire ! Ça va être joli pour ton passage en sixième !

J'étais inquiet, j'ai téléphoné à Simon. Il était puni aussi, mais il a bien rigolé pour le dossier scolaire.

– Pfff ! m'a-t-il dit. Qu'est-ce que tu veux qu'il mette, le directeur ? Élève-révolutionnaire ? Combattant du premier service ? Barricadeur antiharicots verts ?

Je me suis forcé à rire, je n'étais pas rassuré.

Finalement, on a été exclus de la cantine, tous les trois, et Sacha aussi. C'est à cause de monsieur Ravier. Il a dit que si on nous gardait, c'est lui qui partait, et « bernique pour la cuisine » !

On n'a pas eu de chance. En Mai 1968 non plus, les étudiants n'auraient pas rigolé s'ils avaient eu un monsieur Ravier au pouvoir. Ils n'auraient sûrement pas tenu un mois.

Le lundi matin, on n'était pas fiers en entrant dans l'école. La maîtresse ne nous a rien dit, rien. À la récréation, personne ne nous a parlé de la révolution. Il faut dire que le directeur surveillait la cour. Pourtant, Simon m'a fait remarquer que certains élèves nous envoyaient en douce des signes amicaux.

À midi, quand je suis rentré à la maison pour déjeuner, Maman n'était pas souriante, faut pas exagérer, mais elle était un peu moins fâchée.

Elle a dit :

– Ta grand-mère est passée, elle a laissé un paquet sur ton lit.

Dans un sac en plastique, j'ai trouvé un livre, un grand, plus beau que celui de Julie : *Mai 68, une révolution ?*

Sur la couverture, ma grand-mère avait scotché un mot : « Voir page 27 ». Page 27, il y avait une photographie d'étudiants qui manifestaient.

Les étudiants avaient la bouche ouverte, ils devaient crier des slogans, comme le nôtre, avec les chips. L'étudiant du milieu, un rondouillard qui ne devait pas non plus manger que des haricots verts, avait l'air d'être le chef. Sous la photo, il y avait écrit : *Daniel Cohn-Bendit et les Étudiants du 22 Mars, place du Panthéon.*

Quelques rangs derrière le chef, Mamie Claudine avait entouré un visage. Elle avait écrit « C'est moi » sur la photo.

Moi, j'aurais bien aimé avoir ma photo dans un livre comme ça… *Thomas Chesneaux et les Élèves du 25 Avril, dans le couloir des CM2 !*

Et puis, quand même, Mamie Claudine avait écrit en grand, en très grand, dans la marge :

« Pour mon Thomas, pour mon révolutionnaire ! »

Achevé d'imprimer en avril 2007 par Oberthur Graphique
35000 RENNES – N° Impression : 7678
Imprimé en France